自我影像。

麦阁 著

北京燕山出版社

图书在版编目（CIP）数据

自我影像 / 麦阁著. -- 北京：北京燕山出版社，
2022.12

ISBN 978-7-5402-6708-7

Ⅰ.①自… Ⅱ.①麦… Ⅲ.①诗集—中国—当代
Ⅳ.①I227

中国版本图书馆CIP数据核字(2022)第194567号

自我影像

作　　者：麦阁
责任编辑：吴蕴豪
助理编辑：任臻
封面设计：金泉
版式设计：闲读东窗
出版发行：北京燕山出版社有限公司
社　　址：北京市丰台区东铁匠营苇子坑 138 号 C 座
邮　　编：100079
电　　话：010-65240430
印　　刷：永清县晔盛亚胶印有限公司
开　　本：880mm×1230mm　32开
印　　张：7.25
字　　数：134千字
版　　次：2022年12月第1版
印　　次：2022年12月第1次印刷
ISBN 978-7-5402-6708-7
定　　价：49.00元

自 序

长江中下游平原一个微小的村落，我家的房子，就在东汜边上。东汜，是一片大湖的名字，她是我童年少年成长的见证与背景。

我记得那时，无数个清晨，湖尽头新升起的微红色的光，然后，看到又大又红的太阳从波动的湖水里慢慢升起，烟蓝色的雾也随之慢慢散去。湖上有白鸟在飞翔，有时飞远有时飞近，一只两只或三五只，身姿敏捷，翅膀比身体大。

晴空夜晚时，湖水映照着天空，有风的时候，还可以看到低处的云朵在缓缓移动，一弯月亮慢慢升高，在云层间若隐若现。萤火虫与星星都在闪烁，仿佛是在遥遥对话……

十一岁，于我是一个伤口。父亲忽然离世，厄运与辍学，从那一年开始。这样的伤口早已注定不会再愈合，生命本该有的尺度，有一些就此被折卷，再也无法打开或舒展。它长时间蕴含的疼痛与孤独，使一个生命怀有了异质，怀有了忧伤。

我对那里的一切敏感而又充满感情……正是她们，给了我最初对艺术的感知与情感的启蒙。冥冥之中，她们指引我，悄悄地拿起了笔来。可以说，从那时起，我在潜意识里就梦想着，要把这些美、这些快乐与忧伤都写下来，写成一本诗集，献给故乡与亲人，也献给自己。

　　多年以后，读到意大利作家切萨雷·帕韦塞的《月亮与篝火》，他说："昔日丰富而持久的秘密其实正是童年时的自己。"

　　仿佛是被唤醒，一些往事，她们像是长了脚，再一次执意朝我走来，潮湿的青苔、发热的湖水、各种谷类……她们从时间的深处不停散发出气味来，要我重新将她们书写。我用敲打键盘的手指，再一次，触摸了那里的一切。

　　江南之美、童年与少年、丰沛的植物、有关故乡人事的情感、个体生命的宇宙、对自然与生死的认识、对爱的体验、对时间与故乡沦丧的痛心与怀念，所有这些，构成了《自我影像》这本诗集的主要内容——这一刻，我完成了少女时的那个梦想。

　　《爱的启蒙》作者德·米洛兹说："将这些微不足道的记忆吐

露在纸上，我却意识到完成了我生活中最重要的行动……"我感觉这句话，也是针对写这本诗集的我而言。

诗歌在我眼里是神圣而又神秘的，每次写诗，都如同是在跟神灵说话，虔诚、忘我。通过这里的书写，我找回了自我生命的那些影像，有的让我悲伤、愁思，但更多的，还是欣喜与感恩。诗就像是一面镜子，从写在这里的每一首诗中，我也得以，再一次辨认了自己——我仿佛又闻到了那些岁月的青涩芳香，看到那个沉思的女孩，在青砖已变暗黑的老屋中，很少微笑，前额依着窗玻璃……

目 录

自序

第一辑　青草童年

第二辑　旧信

第三辑 飞驰的月亮

第四辑 是否，这是爱……

第五辑 自我影像

第一辑

———————————

青草童年

热爱

十二岁那年的作文课上

语言——

我因为生动地使用你

被老师在全班表扬

因为兴奋快乐

我低着头，脸颊绯红

从那一刻起

就闻到了——语言

你对于我

身上系有一朵

独特香气的蔷薇

青草童年

仍然看得见那个短发女孩

午后她紫蓝的嘴唇

从五月湖边的桑园出来

从贫穷旧时光的寂寥里出来

她有蚕的欢喜

却没有蚕的宁静

当鸟鸣，再一次被炊烟环绕

穿过黄昏的麦田，她就要回家

青草的村庄上，有她还未完成

要继续进行的

秘密童年

初夏

槐树的荫头

又一次重重地打在了屋前的泥地上

那些木门

这时候总是开着

一闪而过

我看见

燕子穿梭的身影

就这么划破了

初夏午后

村庄上布匹一般的寂静

白太阳

白太阳的光芒耀眼

南面的低地里

白太阳，照着瘦小母亲的背影

菜籽棵，它们都成熟啦

转眼前的四月，它们还都是花呢

金黄耀眼的十字花型

像一场远道而来的美丽幻梦……

黑褐色的菜籽流泻

秀丽而又浩瀚的平原上

白太阳，照着瘦小母亲劳作的背影

白太阳，将我的双眼刺痛

别的物质

夜晚湖水被灯光映衬的色泽之美

清晨一朵花在风中摇曳的闪动之美

风起云涌映照在山冈的自然之美……

我是想说

有些事物所形成的美，除了自身

是因为它们还拥有别的物质

不醒的种子

不醒的种子都有一颗

不易被打搅的心

如果没有遇到水、阳光

她就拥有宁静、完好

永远也没有生长的苦痛

也没有可能遭遇危险、幻灭

荡漾　　

一朵，两朵，三朵四朵……

那一年的水浮莲花

仍在，记忆的河流里拥挤

紫蓝色的、花的河流

夏日的风吹来

我仿佛感到整座村庄

都在那花上——

微微起伏、荡漾

吹来吹去

似乎是忽然来临的春风

将阳光中树的身影

吐露一阵婆娑

在我们乡下

在那些寂寞的午后

风总是这样

卷起我的空落与倦怠

在一座又一座村庄之间

吹来吹去

点点时光

当我越是长大

就越明白

生活无须追问

点点时光

都只是被自己用来纪念的

比如，我重要的少女时光

我目睹她

被空虚引导着

沿空虚而行

我的白天如此狭窄

银蓝色星空的安慰也是茫然

那时，我当然还不曾看到：

"我刚刚从遥远的人生出发"

"我刚刚从遥远的时间出发"

一个人走

春风的浩荡已经远去

初夏的早晨

空气清新而又馥郁

田野里，露水还在

我十二三岁

刚刚洗过的短发

有光荣牌肥皂的淡淡香味

总是在这样的时候

沿着湖边长长的堤岸

我一个人走——

逆光的太阳里

我看见低头不说话的自己在走

一直走到遥远桑园的尽头……

黄昏

还有什么，能比黄昏的光线

更让我忧伤

让我的心

——更无求、柔软

听到了吗

晚霞的绚烂，落日的壮烈

奔流而过的河水

它们有谁不在说着——

珍惜，挽留……

还有什么，能比黄昏的光线

更让我忧伤

让我的心

——更无求、柔软

还有什么

让我们要去争呢

寂静

从夕阳镶嵌的金边上

看到色彩的宝库

从清晨的一缕阳光里

听见茉莉的呢喃情话

从春天的山野

探知不计其数的小草

在死亡中复活

从一滴露珠里

看见馈赠

和爱情

唯有你啊

——寂静

唯有你

才让我获得语言

让我懂得了

——我自己

第一辑 青草童年

小镇

"今朝是观音娘娘的生日"

路过小镇小小的寺院——

人潮拥挤

光线里弥漫着温情与广阔的慈爱……

当我告别

走向小镇的边缘

菜园里的风

正把野草十月的气息

从河岸吹来

暮色里

疯玩的男孩们离去之后

飞行的石头归于平静

打开的湖面

渐渐

又镜子一样

映照

低地里归来母亲的劳累

映照

焦急盘旋的蝙蝠

它们身影里藏着的

无端慌乱

你可能有所不知

你可能有所不知

那时的我

常常游走村庄

每一块石头

每一棵树木

都犹如与我久别重逢

我们的溪水清澈

稻禾贴着泥土拔节

风与湖水潺潺相激

声音擦亮村庄的目光

柔软、芬芳……

那时

诗还不曾教会我抒写，赞美

除了用沉默

我找不到别的办法

将它们妥善收藏

你可还记得童年那一天

你可还记得童年那一天

清早起来

看到的一夜大雪

太阳照射

至今说不清

闪烁的究竟是雪

还是人的眼睛

你可还记得童年那一天

屋顶上

河滩边的野草上

那些白

是亮

是天地给予我们的好心情

你可还记得童年那一天

自
我
影
像

遥远的一天

我们在瓦檐下走过

融化的雪水

掉落到后脖颈里

那冰凉的一滴……

那时，我有……

那时，我有清晨的一层薄雾

夏天瓦檐下狭长的阴凉

那时，我有一座小桥

桥下河水潺潺

四月油菜花的倒影里也有蜜蜂的气味

那时，我有一束槐花

有不会赞美的叹息和安然……

那时，我有一个未曾打开的梦

裹着无人诉说的寂静

夏夜

午夜醒来的女孩

她独自闻到

月光

和荷塘淤泥的味道

此起彼伏的蛙声中

树叶纹丝不动

夜的肺叶

有力地

一收一鼓

上山途中 23

"你们快快上去吧，那里有好多好多的山和白
蝴蝶"

——上山途中遇见的小小女孩

神情烂漫，声音清脆

哦，我多么想在她的世界里待上一待啊——

让我用她的眼眸，来看一看这个世界

让我用她的咽喉，来说出那些鸟儿带来的远方

说出这风中饱藏的露水

这满坡茶林新芽的气息……

微物之神

是受谁的邀约

从黄昏到黎明

雨水，密密匝匝穿透节气而来

雨水传递

天空与大地的神秘相知

雨水映照

远方和亲人的面孔

微物之神，透过雨幕

看见更大的祭奠与忧伤在旷野上

来临过的不会离去

相见过的没有告别

雨水落在今天

人世的表情，多么统一

以一朵花的姿态

以一朵花的姿态

在时间里

绽放

或凋零

从不为谁

只含住自己的光华

对一些美与疼痛——

守口如瓶

午后

河水，还有午后的河埠

空旷，寂寥

是被什么惊扰

歇息的细长窜条鱼

它忽然跃起

一道银亮白光的闪耀

照见五月

宁静灰暗的村庄

夜

这浓黑的墨水

究竟

由谁泼翻

比任何一个白天

更强大

更广袤、无垠……

这黑色

也将比任何一种颜色

更长久

永恒……

河流

我迷茫过……

我清晰地体会过那迷茫

被我孤寂童年田埂下的河流照彻

我们面对着面

困厄地互问对方

——你去向哪里

愁容

我们在彼此的眼睛里

同时读到——

命运所给予的深沉表情

低处生活

像一截流水

一株弱小的植物

在时间的风中

领受一个接一个的

日子

也无非就是单调的重复

将一只白瓷碗拿起来又放回去

在一条路上将鞋跟慢慢磨损

"万物都有时"啊

我已然知道

这日升月落是多么珍贵

——这来了，又去的

——这去了的，将不再来

永不再来

在我经过的路途

天空下

柳丝、桃花、麦苗、树木、房舍、晃漾的绿色河流

一片一片油菜花的散落，犹如响亮的呼喊——

她们高矮，参差

所形成的秩序

意境多么美啊

在我经过的路途

她们，没有一样不在诉说

不在爱

似乎都拥有着

——我的心

祖母

在一碗喝下的凉开水中

在一张门前的木矮凳上

从田间劳累中归来的祖母

得以——暂时歇息

她粗喘的气息，正在慢慢平静

亲爱的祖母——

又一次从一场劳累中

归来，得以歇息

炊烟

我曾痴痴看过它

袅袅上升，消散……

那浅蓝色的

多么轻

多么细微

从这轻微中去想象曾经的火焰

从那枯空的白发中去想象一生

活在这大地上

什么爱恨、愁苦、恩怨、悲欢……

其实都要比

我们实际感到的——

淡得多

梨树花开

被梨花映照的四月村庄

有着无从更改的灰暗

因为失去父亲

四月村庄灰暗

无从更改

青砖地的井台上

我把梨树飘落的洁白花瓣

一片一片拾进

装有甘甜井水的红色塑料盆子

白色花瓣

荡漾在红色塑料盆里

四月村庄依然灰暗

——无从更改

古

古城墙

古井台

古河岸

古祠堂

古天井

古宅院

绿色越苍翠

它们就越发黑……

呼吸在世代的年月里

它们，相随了多少人

曾经发烫的好时光……

晨曲

河岸边

一株桃花开了

粉色的花瓣

轻声的呼叫，多美、多细微

在微弱的轻呼中

绽放自己

绽放给——

从她身边走过的每一个人

然后

在一阵炊烟中离去

在一阵细雨中离去

无论

韶华依旧

锦缎成灰

她都反复吟唱——

无怨无悔

知己

清早的田埂露水尚未消散

稻田正绽开小小白花

那些年月

星星和月亮

是我的知己

青草地也是

那些鸟儿也是——

它们灵动、小孩子一样俏皮

除此

河流也是，河岸边的野蔷薇也是

阳光下我的影子——也是

田野

四季缓慢轮转，吐出粮食与蔬菜

广阔的田野千古悲悯

一直趋向低处

恒守着寂静

像我心里的莫名忧愁

无法驱逐

——从不理会别人打扰

也同样拒绝

——被治愈……

那也是我的

门前的湖泊上铺展寂静

哦，那寂静——

它仿佛在轻轻告诉我

那也是

——我的

要不然

那些午后

云层低矮

房屋低矮

成群的红蜻蜓啊

一定有一只怀揣了我的心

要不然，我怎么感觉

自己也在

和它们一起飞呢

楝树

正午时的村庄

世界有它原本的寂静

在波光粼粼的河边伫立

微风

把一株楝树的花香送给我

把已逝的遥远童年

送给我……

声音

戴在手腕上的银镯

时间久了

它就像我的棉布衣服，也成了我

那些夜晚

银镯偶尔发出的清响

让我听到

月光与月光轻轻碰撞的

旧声音……

第
二
辑

———————————

旧信

五月槐花

这些天

她时不时就触到我轻柔的呼吸

多么熟悉，像清醇的酒

像无数精灵般的鸟儿——

晶莹翅膀里都有一颗女孩子的心

葆有雪的颜色

这些天，我一抬头就能看到她们

一张张小嘴唇柔白而润亮——

据她们说，那青青湖岸边

我的童年还在……

那些清晨……

哦，我有多么高贵

是因为我的脚上

沾满了春天的露水

高埂下湖面上的雾气

像在模仿着一群少女的呼吸

那些清晨

泥土有蛮横的气味——

那孕育的狂欢

催开繁花在四周的原野上

我在这座村庄上住着

却总感觉自己在别处游荡——

我知道我随时都将从那儿离开

因此我无比热爱我的故乡

昔日

灶火又一次冷却

洗干净的瓷碗在竹橱里静默

风吹大地

我是村庄上独自游荡的少女

低头进行着命运给予的生活

东汜湖清澈，闪亮不语

荡漾着好看的波纹

但我并不以为她是快乐的

并且我感觉——

她也有一双

可以看懂我的眼睛

关于雨水

印象中那些初夏

阵雨刚过

紧随其后的太阳照着那些雨珠——

在楝树叶上

在榆树、枫杨树叶上

灰白的村庄

知了忽然鸣叫又停止的间隙

周围的寂静广阔而辽远

闪亮的初夏雨水

此时有一种透明的淡蓝

正午

湖泊与灰白民居之间

四月的油菜花

像一场无法掩藏的爱情

像受惊之人收不回来的一声尖叫

阳光下

花猫眯着深邃却又蔑视的眼睛

不远处枫杨树的影子

花一般落在

河岸边斑驳无声的白墙上……

夏日的寂静

蜻蜓透明的翅膀里

藏着寂静

东汜湖荡漾的水纹间

藏着寂静

一朵泡桐花，旋转着坠落到

屋檐前干净的泥地上，藏着寂静

五月傍晚的田野上

母亲回家的小小身影，藏着寂静……

哦，世间万物，

这些无处不在的寂静

也滋养——

懵懂成长中的、少女的我

它缓慢的衰老

暮色炊烟里

一座村庄灰白、斑驳

饱含四季的雨水

和古老时间的沧桑与沉默

它缓慢的衰老

也同样——寂静无声

一种黄昏

整座村庄打开着

一任落日西下

苜蓿与油菜的花香

从村庄的四周尽情升腾，弥漫……

这样的黄昏春意馥郁

像是蕴藏一个奇迹

一切都仿佛在沉默中怀着理想

就像我的小小心思

——也悠远

——也膨胀

世界的五月

树荫下年轻的母亲

低头，用一只手

小心翼翼把自己的乳头

从她孩子的嘴里轻轻移出

春天的村庄

骤然有一种屏气凝神的柔和

安然与宁静——

从一个熟睡孩子的小脸上

向着世界的五月

无声滑落，蔓延……

湖边的堤岸上

湖边的堤岸上

桃花、樱花、迎春花、二月兰……

哦，这么多花，又都开了

又都赶来这个季节——再次相逢

为何还有一些忧伤

隐隐在向我靠近

像一个无从康复的人

时常，听见有人轻轻叹息

微风中

阳光温煦，无声……

她沐浴这片春天的湖水

也沐浴

微暗的我……

云彩

如果描写那一片云彩

你一定要快

形体、色泽

结构、姿态

万物都在相聚、告别

哦，你一定要在她飞速变化流散之前

完成对她的赞美

只因为，她是那朵——

风中的云彩

世界

那些烈日的正午

一个女孩

没有戴草帽的小小身影

在层层热浪的空气里行走

广袤无垠的稻田

风拂过她十一岁的脸庞

她独自感到的世界——

有说不出的盛大

与空旷

暮色来临

与一片湖水静静相望

暮色来临

让我再次沉默

苇草轻轻站在湖边

湖面打开像镜子发亮

不知名的水鸟低低飞过

哦，我们都不轻易说出

——那迷惘

盛夏雨夜

开合闪电劈开雨幕夏夜

一道疾速的缝隙间

我看见树叶抖动

奔涌的河流接着雨水

时间仿佛在这一刻忽然醒来

天空忍也忍不住地

急切地想要倾诉——

那无助与愤懑，那苦楚……

记忆中漫长夏日里的一天

青砖的门前

湖水的光影荡漾着

就要挤进屋来

不远处田野里的三叶草

我熟悉它们

身上满挂的露珠晶莹

金黄丝瓜花是门前惹眼的植物

那些柔软的藤蔓卷曲着

爬满村庄——

仿佛在传递某处

遥远而隐秘的耳语……

时至今日

时至今日，我携带的记忆越来越多——

比如暗蓝色湖上

那童年的雨水

比如河岸旁

在风中寂静的白色槐花

还有，十八岁那年的秋天

金色的稻浪在身后铺展远行

连同那一天黄昏的

风与晚霞……

背阴面

渐渐暗下来的天光里

河流发亮

一座废弃的深色老房子

四周寂静

破败的门楣，生锈的窗户

一棵寂静的白玉兰树

用她迟来的一身花朵

让我赞叹、惊诧……

吹泡泡糖

废墟上坐着的午后

那个脑后扎马尾辫的女孩

她鼓着腮帮子

将珍藏的泡泡糖吹到最大

小桥的那边

风收藏着村庄的每一缕寂静

槐树的叶子们

在河边的空气中偶尔抖动

那个女孩吹着泡泡糖

漫不经心地——吹着

透明膨胀的斑斓之中，是持续着的清贫生活

是成长中的寂寞与幻想……

白鹭仍在飞翔

时间渐渐告诉我

令我无法遗忘的

依旧是我的出生地、童年

与亲人曾经相依为命的

一缕炊烟

天空过于辽阔

我需要以宁静的姿态俯首

才能看见大地、雨水

才能交出我的诗——

带着出生时河岸的水光

与那里野蔷薇的气味

才能让阅读的人

看到我故乡的东汜湖

那碧波的上空啊

白鹭仍在飞翔……

独自摘凤仙花的女孩

午后的日光下

整座村子都在沉睡

独自摘凤仙花的女孩

听到了河岸枣树下的一缕寂静

和自己的兴奋心跳

午后的日光下

整座村子都在沉睡

独自摘凤仙花的女孩——

神情明亮

心中的喜悦

无人分享

薄雾

薄雾移动——

湖面上

瓦楞上

青青的桑园上

童年时俏皮的风景

少年时

它们又成了我月光的忧伤

多年以后阅读

我才感到

生活与自然教我领受美的启蒙——

原来，那么早

一棵树

喜欢在黄昏

靠着一棵树想心事

猜想——

她也有喜悦和哀伤吗

多少个清晨与日暮

被门前的河水收藏

我不宁静的心啊

像岸边的幽草

总是——既卑微

又骄傲

声响

……许多年过去

那些黄昏

只要站在朝西的河边

屏息凝神——

我似乎依然可以听见

河岸上方

祖母养在屋子里的蚕——

它们集体蠕动的身体

还在发出统一、神秘的

均匀声响

寂静

午后日光中低头行走的女孩

身上有梦幻一样不发声的寂静

热风吹着湖边的紫楝树

整座村庄是寂静的

——发白的大地上

低头行走的女孩

收藏了万物及自己

在盛夏的深浓影子

印象里的十七岁

是一些春天或夏天的日子

那些光阴清贫、单调

让人莫名惆怅又有欢喜——

我是河岸边那一朵

无人看顾的野蔷薇

在河流与水光之间

摇曳的心

总是被风吹向某处……

再一次看见

夕阳渐渐落下去的时候

风声突然弱了

湖水上的粼粼波光

是童年时的一张金色糖纸

闪烁，发着脆响

暮色很快就漫上来了

四周的草木集体不语

再一次看见倒影中

天暗之前——

自己愈发幽暗的身影

旧光阴

古老桑园随着暮色

渐渐低沉——

星空与月光来到湖上

隔着时间远远望去

那些夜晚

我依然能够听到古老桑园

在黑夜里广阔无边的

呼吸之音

一束阳光

木质楼梯的拐角处

父亲，正伸手取下他

挂在墙上的那支竹笛

屋顶的天窗

有一束阳光照在他身上

明媚春天里

我记下了这个画面

小小的心中——

有一个父亲接近微笑的

安宁表情

弯腰除草的女人

如果我也能那样专注

做一件事情，就好了

路边地里，弯腰除草的女人

忘我，宿命

路过的行人与车辆都不能使她抬头

我的凝望也没能引来她的注视

风掀起她衣服的一角

她低头劳动的神情

有着她自己所不知的

——泥土和神圣的美

一个早晨

醒来

四周有一种特别的寂静

光线的白亮也不同于平常

下楼梯时

母亲推开木门回来了

她竹篮里油绿的青菜上

有残存的白雪

和旷野里

旧年的寒冷

经过的风中

燕子，它滑翔而过的翅膀

多么轻捷

楝树的紫色和香气

在少女的村庄并不孤单

空旷爽朗的天空云团

洁白，无心

像那些还没有来到的日子

在一阵经过的风中

说散就散

天光亮得早的夏天

天光亮得早的夏天

河流

以及河流中的朝霞

最早唤醒我

波光闪烁的河流

我记忆中的童年清泉

我一定是先开始描述它

然后再开始描述

那往昔的生活……

夏夜荡漾

村庄完全安静下来了

跳动在心头的晶亮萤火虫

让清凉的夏夜荡漾

就像湖水，在荷花含苞的月光下

荡漾银色的思绪

樟脑味道的童年

绿色凤凰在飞舞

白色芍药和红色牡丹在盛开

用银线绣成的一对鸳鸯

朝着我，亲密游来

棉胎晒好了

被子缝好了

冬天来临了

那些布匹上

仍然有着清晰的折叠印痕

棉被里

散出樟脑味道的童年

正在被阳光和亲人

温暖围绕

成长中最漫长的时光

黝黑伙伴

他们背上的细汗

脚上廉价的塑料凉鞋

让我记得那些酷暑，与寂静

让我记得　我说

夏天——

是成长中最漫长的时光

太阳无限地在我身边发出光和热

一棵向日葵的阴影

在家的后门旁

是一口童年的井

舀起的井水，有时光的幽深

有要说出口的

—— 一阵清凉

夏日傍晚

暮色前的落霞

是否会让天空很痛

傍晚就要来临

田野里

弯腰拾穗的人身形疲惫

群鸟齐飞

河流总是在这时更加闪亮——

它静默不语

不曾告诉我——

多年以后的今天

我依然记得那样的夏日傍晚

夜晚写诗

开始写时

诗犹如那枚月亮被云层遮盖

写的过程

就是拨开云雾

还原月亮本来的清晰、通透

与美……

第三辑

飞驰的月亮

晚风不说话……

每个生命

都在完成着自己的历程

除了有些过去可以回忆——

告诉我

什么又是我的未来——

晚风不说话

晚风只吹拂我的蓝裙子

如同

吹拂一片孤独的海洋……

致诗歌——

似晨风中的一缕粉白槐花

湿润甘甜的空气在肺腑流动

自从我遇见你

我才学会俯下任性的额头

我才看见高远而无垠的光——

万物都有的、神秘而闪耀的光呵……

一些尘埃在自行消散

我接近一颗露水的透明……

我始终相信

我始终相信

万物的诞生皆缘于爱

皆有

一念之初心

像户外阳光忽然间的跳跃与晃漾

隐含说不出的古老、神秘

——而这些，显然不属于物质生活

看清

雨夜的闪电中

看清树叶抖动的焦虑

无风的午后

看清湖上沉沉的寂静

写诗的时候

看清在人世间自己的面容——

多么真切、热爱

多么孤单……

雨

比外面的雨落得更急的

是车窗玻璃上的雨

像某种游动的小蛇

快速、神秘滑向低处

没有一点犹豫、怀疑

仿佛都在奔向各自的爱人

奔向——

那像怀抱一样的

——归宿

雕像

其实

你写下的汉字

时时都在

铸就你自己

就像走路的姿势

无从模仿

各不相同

每个书写者的汉字

组合起来

就是他自己的——

最后雕像

我听到秋天

在一阵雷声中醒来

午夜的惆怅有古老的意味

思绪总是牵着梦一样的昨日往事

知道还有一些

一定已被我忘记……

夜已过最深处

更紧密的沙沙雨声

是否也和我一样——

听到秋天

向着窗户，更靠近了一寸

霜降之诗

熟悉的路旁

那一棵静穆的桂花树

花，几乎已全部落尽

天空飞过的鸟收紧身子

鸣叫一声

草木们就集体痛了一下

拐过巷口

时间不动声色

它只是让迎面吹来的风

把我暗暗

冷了冷

诉说

斑驳的砖墙下面

一树开花的玉兰

让我静默

我和她面对面站着

注视对方

飞快而又秘密地

我们相互诉说了

春的滋味

寂寥的滋味

惊蛰

是在槐树巷的路口

我忽然听到心里的自言自语——

春风一浩荡

古老江南

又鼓胀，又空旷

读诗

有时，读到一首好诗

我就像多认识了一个亲人

有时又像爱上一个人

却又难以启齿

每当这时

我总会沉默或者发一会儿呆

感到经过我身边的时间

也在羡慕我

冬至

运河边

我在一条名叫槐树的巷子里走着

一场晚暮的大雪

落在了想象中某个北方的寺院

声音的泡沫已经遥远

这一刻，我也想学一学河流的静默

和越来越空旷的原野——

看，上弦月的第一缕清辉透过枝杈

真正的冬天

来到我身旁

五月某天在途中

以蜿蜒连绵的沉静

我听到

沿途的山脉仿佛在告诉我——

寂寥是多么宽广

美或者生命

都是微弱的、短暂的……

代言

哦，我的姐妹

不要好奇我的眼眸有星星的光环

羡慕我的脸又怎么熠熠光辉

如果——

如果你也爱过

也为一个人

暗自翘首——等待过……

明灯

被抱在怀里的粉嫩孩子

请让我跟着你

走上一段好吗

让我从你的小拳头里

看到——

那盏纯真、力量、照耀前路的明灯

一想到……

隔着窗户

鸟儿一大清早

把自己的啾啾鸣叫送进来

我的心也暗暗欢喜——

远方那不知名的人啊

一想到吹过我的春风也吹过你

我就莫名地、满心都是和煦——

比这三月暖一点

比这花儿痴一点

母亲

确切地说

是因为她胸脯上的婴孩

才使我注意到这个女人

被抱在怀里

紧偎着女人胸脯的婴孩——

他的神情

满足、宁静、安详

让我动容

由此

对那个颜面普通

坐在喧闹车站长椅上的女人

我丝毫没有敢

小瞧她

春日，一次想象

鸟鸣缠绕春风

没有预约

这样的清晨

你向我走来

太阳让人晕眩

锃亮，晃眼

反光

投射在屋子的天花板上

你的影子一路

走在你前面

走过花丛、树影

先一步——

静静地出现在我木质的门框上

对于我

和爱情同样——

远古汉字的诞生多么迷人

你不得而知，究竟

她们是从天地或人心的哪条缝隙汨汨而来

神秘，威慑，浸染生命灵魂……

在这个人世

对于我

她们是不见源头、让人信服守望的真理

是毫无疑问让人静默无言的美……

莫名其妙

他的存在

怎么就映照了我

让我从他那里看到自己

是美好的

是自己欢喜的

他其实什么也没说

他只是以他的存在告知我——

我的敏感、纯静、固执与善良

想到这些，我内心丰盛

有像月亮溢出的一层光泽……

对话

运河边的花坛上

一个陌生男人独自坐着

他手上的香烟忽明忽暗

如果那也是一种语言

我想——

他正在跟自己对话

回到村庄

为一些说不明的小事烦恼

如同这黄昏的气息

缓缓打开的夜来香也散发微微苦味

一个在城市生活常常感伤的人

渴望回到青草的村庄

回到槐花烁白的河岸——

在那里

雨水的生息

漂过大地

灿烂的穗子正穿越夏天……

给蓝田

是黄昏，抑或比黄昏更晚一些

这已并不重要

重要的是我这一刻在古老的长安，远看秦岭

看马帮与蹄子声中

人世的时间来来回回

而万物仍然保有一种宁静

风吹着暮色，秦岭之下，大地的悲欣不言而喻

接纳兴盛、欢愉、陨灭、凋零

此时，它依然缄默着

仿佛跟谁在作着又一次的告别，又仿佛

在迎接谁的远道归来

春天来了

花园里

阳光晒热了地面

尖叶子的草

圆叶子的草

宽叶子的草

窄叶子的草

她们都在欢呼

——春天来了

她们争先将自己的身子舒展

她们仰着脸都有在春天的模样

"哦，唯独我没有"

我心中的小草低垂着头

今天——

她还没有接到远方爱人的消息

好似

清早的风

吹起湖上的涟漪

我读着你——

就好似读着人世间的爱情

就好似读着两个人——

两颗荡漾、起伏的心

如今

……如今，我更有避开人群的愿望

我整天都在与你窃窃交谈

饱胀的心呵

——那些要对你说出的话，冒啊冒啊

像成片成片轻柔的紫藤花

时时

开满我身体的长廊

去广仁寺途中

被抱在怀里的婴孩

用身体，示意他的母亲向前

那是在广仁寺路

他在使劲伸出他的小手

我看见前方的栅栏旁

一只粗粝的陶缸内

探出一朵亮眼的

粉色荷苞

雨啊，夜雨

雨啊，你也有这样脆弱、肆意的时候

你"崩溃"一般地落下

"坍塌"一般地落下

……

是谁的爱情这么无望，忧伤无处诉说

是谁在撩拨、借助这夜幕的雨水——哭泣

倾尽人心里说也说不出的哀伤、离愁……

丁蜀小镇

沿着一条小路下山——

走过旧日小学的一排排教室以及

很多木格子的窗户

山路的另一侧是三娘娘庙宇

诵经的声音忽高忽低

不知名的青草盖过脚背

显然——

这里已经很少有人走过

许多植物因此长得很深……

吴昌硕故乡

被溪水洗白的旧时月亮

映照井台

映照山风吹过的竹林

在这样的月光里

我仿佛看见一个人

曾经的身影——

执着、抱朴，墨气毕现

哦，悬挂在身后的山岗上

这是一枚

多么银白的月亮啊

三月

春天了

花在四处开着

可从树下走过的那个人

为何形色凝重

身上，仍带着一团深渊

风不动声色

带着不远处海洋的味道

缓缓

从他周围的空气拂过

飞驰的月亮

万物静止

唯有你在飞驰

一弯月亮在白杨树的枝杈间飞驰

在一条无名的夜晚河流上飞驰

飞驰的月亮与我一样

独自远行

看见一列火车

疾驶在广阔原野上的某夜秋天

夜色来临

天色渐暗时

镜子一样的湖面

照见晚霞如锦

分外耀眼

蝙蝠也在此时

出现在那里上空

记得儿时的我

常常很是好奇——

究竟，它们是躲在哪里

度过白天

等待这夜色来临

在广仁寺

透过寺的飞檐

八百里的关中平原——

秦岭、陇山、渭河的水波

一起向我扑来

寺院里的清凉

一半醒着，一半在睡

挨着的孤单

窗户外面的那些树

彼此紧挨着

可它们看上去

都还是很孤单

行驶的车厢里

陌生的我们也坐在一起

同样没有

彼此说话

早晨

沿城墙边的环城西路向北行走

空气的清冽连接远古

天光也是，河流也是

白云悠然轻移，光明的阴影划过我的脸颊

我的心透明易感，可以和一棵仁立的树交谈

响起的蝉鸣，绿草地上紫薇的香气

无不缭绕一册诗稿的秘密

这样的美好让我想起你——

我其实只是想去年的现在，多好啊

去年的现在，我们

还未曾相遇

长安印象

一支从秦汉射来的箭

掠过我的发际

我闻见丝绸烧焦的味道

黄昏时山川微微起伏

那是沉睡的朝代

仍在絮语、呼吸

第三辑 飞驰的月亮

昨夜

晨起窗子上的白亮让我恍惚

以为仍在昨夜——

昨夜——月光照彻如洗

神秘天空静如一片幽蓝的心情

星星很多，可她们不知怎么

仿佛都怀着忧思

都寂寥无语

我心上牵挂着一个人

陪着她们，也迟迟、不入睡……

很轻

亘古黑暗

此时又一次渐渐退却

一个就要从头开始的清晨

却无法全新——

今晨紧连着昨夜

像生命拥有回忆

像我紧挨着你——

万物的轮廓皆在向白昼苏醒

我的呼吸很轻、目光很轻、你也——很轻

经过的时间，似乎并未将这一切察觉……

深秋上午的灵空山

所有的光线都朝这里涌来

它们从一棵最高的树木开始

倾斜而下

条形的长长光线里

细微尘埃在颤抖舞动

仿佛是众神的密语

唱给时间的古老经文

傍晚时分的七里峪

世间所有的寂静都赶来这里相聚

天空蓝得清澈

七里峪的桦林沉默不语

不是所有的美都需要称赞

当我将远山再次留影

心中的肃穆

随暮色一起来临……

隐喻

前前后后

我们三五成群走着

有一刻我忽然想

这是多么恰当的隐喻啊——

眷恋汉字的人

同走在写作的道路上

而走路的姿势

却又无从模仿

各不相同

一个影像片段

明月或雪的银光

是拉拉和尤里眼里

含着的热泪——

《日瓦格医生》

画面里的离别撕扯人心

谁也不说出

这是最后的告别……

怀孕的拉拉

带着尤里的孩子坐上雪橇

这其实也没有什么

只是起伏翻腾的音乐

让人心欲碎——

尤里返身奔上楼梯冲进屋子砸破窗户

——透过那里破碎的玻璃

载着拉拉的雪橇

已经远去，还在远去……

拉拉，拉拉

隐入纯白的雪，远去的雪

屋檐与树木

道路与栅栏

唯有雪……雪

瓦雷金诺——这个地名

这个蔚蓝色的严冬之夜

闪烁在多年以前的异国

闪烁在此时我凝神疼痛的眼眸

露珠说

早晨的我是七彩的

阳光渐渐升起

它让我在消失之前，看到自己的光亮

我注定不能与阳光为伍

我爱它——

只因它映照我独特而美的模样

我并不愿意

我并不愿意

把睡眠

说成是可以重生的死亡，或者是

死亡的姊妹

那是由

比白天更清晰的绚烂梦境

如此告诉我

对一张照片的描述

顺着台阶

交错的光影是我的偏爱

感到那里——

一定有明亮的鸟鸣

灿烂的紫云英

如果说

那片小树林还可以更美

——空着的两张木椅子上

一张将坐着我

而你正从不远处

朝着另一张走来

夜听

爱尔兰恩雅

对我而言

并不只是欧洲之声

她天籁一样的嗓音

纯净、慈悲

模糊了四季与国界

细微而又婉转的飘忽

像山岚一样起伏、神秘

听她歌唱

就是听她

对人世的理解与诠释——

凹陷在时间里的幽暗与宿命

深远无常

我似乎不再需要寻找

那一个逃离的出口

隔着时空与夜色

她的歌声

让一颗心

得以轻轻倚靠

不相信凋零

沿着一条荒废的小路走进去

小野花们依然生机勃勃

径自开着

红的、白的、黄的

她们专注、忘我的绚烂与夺目

使我也和她们一样——

不相信——凋零

第四辑

是否，这是爱……

你问我，为什么要写诗……

你问我，为什么要写诗

你看看雨落在湖面上就知道了

你看看树叶在秋风中的抖动就知道了

你看看黄昏时在树杈间奔跑的落日就知道了

……

这天地间的万物

谁又不在写诗……

理由

微微晃动的河水是银色的

童年的鱼是银色的

夜晚的月亮是银色的

身体里的泪珠是银色的

这些，都是我——

热爱银镯的不变理由

大雨欲来

大雨欲来

乌云压低天空

湖面仿佛承载着硕大秘密

万物看到自己的幽暗

天地仿佛要融为一体——

屏气凝神

它们遥遥相望不作言语

两颗心脏

向着同一个方向奋力跳动

从此不再写诗

有谁能告诉我

这黄昏的落霞为何唱着

悲歌，残阳又为何这般如血

这万物之间的沉默

究竟又深藏着什么内容——

如果我可以获悉

我将从此——

从此——不再写诗

春日

我还没有说清楚

一个意思

或一句话

就看见你——

黄昏啊

从天幕疾速垂下

我的心陡生无名忧愁

时光之快——

花朵们纷纷

已在急着说要离开……

不能说尽

微风中水上的涟漪啊

阳光下

我不能说尽

你细柔的美

就像我不能说尽

对恋人

不停息的

思念与爱……

归去的鸟儿

渐渐，黄昏让我不想开口说话

默默归去的鸟儿

翅膀的拍打

看不出悲欣……

看着它夕阳里疲惫的背影，哦

我们——谁又比对方——

不宿命，不宁静……

心啊，她说

河边成对摆放的木椅上

总有他们坐着

已见烟绿的柳丝从上方

优柔轻垂

我也多么想在这里

坐一坐啊

和你脸对脸挨着坐一坐

和你静默不语坐一坐

"亲爱的，你来吧"

当我每天从这里经过——

心啊，她说……

也许，也许

……黄昏

又渐渐逼近，来临

我后退

落霞啊，能否请放慢你西隐的速度

我不舍得一天就这么——又过去

也许，也许我的爱人

他刚上路——

已经在朝我赶来的途中……

第四辑　是否，这是爱……

一动不动

太阳发白

照着一条弯曲小路的尽头

树叶仿佛被什么钉住了

黏在树上不动

蝉声撕扯着炎热

树在浓烈的阳光中

把自己的影子铺在路面上

也同样一动不动

唯有春天的风

唯有春天的风

才像我心里

蹿出来的一只小兽

总是喜欢到处乱跑——

兴奋，抱一团全新喜悦

河流与河流之间

灰墙到灰墙之间

太阳照耀的光影里

我感觉自己和她一样——

总是急切地在想

寻找些什么，创造些什么

第四辑　是否，这是爱……

絮语

天刚亮

窗户两副窗帘的交接处

晨光淡白、纤细

窗户外的银杏

那些幼小的新绿在默默舒展

缓缓打开的扇形身姿

灵动，闪烁

仿佛是大地能量

在不息升腾的热烈絮语

为什么

为什么转瞬即逝的

是爱

是青春

是早晨的露水

和四月的花朵

为什么世间最宝贵的这些美

都是如此短暂存活

第四辑 是否，这是爱……

春天来时……

是泥土的温度

再次催开那片嫩叶

世界回到简单的美好

墙外的青苔凝结着细露

阳光像个顽童

跳跃在树梢和水面

一只鸟刚飞过，我又看到另一只

一株野玉兰的白

在清晨时尤为醒目

黄昏的田野上，紫云英轻轻燃烧

晚霞便在那半边天空

径自红了

东边日出

西边日落

风吹着万物，浩荡不止

这一切人世的纷繁啊

没有一件不让我喜悦

没有一件不让我哀愁

第四辑　是否，这是爱……

答案

那时的她总想要很多答案

……

那时的她还太年轻

还从没有学会停下来

静心看一看花朵或河水的幽深

看一看古老的光线和千年的流云

那时的她，总想要很多答案

列车上……

不断掠过的田野、树木与河流

是时间的另一种速度

午后车窗外的阳光

照着她的身体

脖子上的围巾是她喜欢的蓝色

从一册正阅读的书中抬头

她的神情

仿佛是在与

某个相距遥远的人——

秘密倾诉或交谈……

第四辑　是否，这是爱……

致……

站起身子

从书桌前

携带着他的身影

和我一起走向窗口

他的眼眸、他的声音、他的微笑……

将前额轻轻抵在窗玻璃上

我深深呼吸——

仿佛那里在散发

他略带远古的大海般深色气息……

秋风一场场

流水忽然间就宽阔了

干净，荡漾

仿佛坦露出了

深藏已久的心迹

所有的落叶

远行，或者再次化为泥土

蜿蜒伸向远方的台阶上

我曾遇见过它们中的一些

说起季节的故事

说起——光阴短暂啊

这秋风一场场——

无不是提醒，无不是哀伤……

初冬

教堂前的水磨地上铺满落叶

色泽绚烂仿佛在安慰季节

带着寂寥

偶尔听到的鸟鸣

也弱了一些

又有一些时间远去了

街道上的路人行色匆匆

渐渐冷下来的风不发一言

在身体与身体之间瑟瑟穿行

爱情也同样……

人世的昏暗与苍茫

万物都混沌不清……

爱情也同样——

不是让人上升

就是让人沉沦

独自在路上的旅人

一列火车

开往南方秋天

某扇飞驰的车窗内

一闪而过，我看到

茨维塔耶娃的《新年问候》

和自己低着的脸

我是独自在路上的旅人

午后车窗内我的身影

一会儿在阳光里

一会儿在阴影里

黑夜很快就要来临

花朵又离去了

幽暗木格的老窗外面

留下树影沉静

走过南禅寺

忽然感到时间已经很老了

暮色打在寺院淡黄的墙上

黑夜很快就要

再一次来临……

第四辑　是否，这是爱……

不语的时间

春天的风一团一团

在不同的树之间

发出不同声响——

急切，有失从容

仿佛要去向谁告知什么

我似乎也总是在它的身影里

感到那不甘心，不平静

蔷薇花

小径旁的蔷薇

在风中颤动

她柔美的花瓣多么像我

——此时的心呵

一样含着蜜汁，情绪满满

——蔷薇蔷薇

是否，她也看见了我

是否也和我一样——

敏感的心呵

住着一个亲密爱人……

是否，这是爱……

心啊——被

春天光影萦绕的心

悸动而又轻盈

仿佛还从没受岁月尘埃的蒙蔽

向着一个地方，一个人

报以微笑、报以眼泪

像花园里的树木

借助一场雨水动情哭泣

又在骤然出现的阳光里

熠熠生辉，歌唱……

九月

河水潺潺

依稀流动旧年的消息

风中事物不急不缓

从东边来临，到西边逝去

有时绝情即是深情

一个人向前走去，哭泣却不再回头

一个人撕碎一封信在拐角的青砖地

还有一个人

背起行囊独自要去远方

我仍在原地

想起一些往昔

想起一些话语

我轻轻地抬头又低头

就成了一个幸福的人

从油菜花丛走过的人

梦境中的油菜花已进入

遥远的暮色

哦，她们都还在说

早晨的雨是银色的

呼吸着自己的香气

持续的静美如此热烈

她们是不是也看出来了

只是她们无法说出——

更深一层的光线里

那个正从油菜花丛走过的人

他就在我的心里，而他

——他的心里

也同样藏着

一个我——

唯有他

现在，我不用说"一想到他"

到处是让人耳聋的声音——
那些，泡沫的喧嚷

唯有他，在我心里
致远、宁静

唯有他让我听清——
敬惜、勤劳
纯真、热爱

梦境

夜空里的光线

是露珠编织的花环

多彩、耀眼

它们美的样子

不包括人间的辛苦与离愁

人群在花环下舞蹈

时间里全是不会消逝，永恒的香味

清脆喜悦的乐声中

人脸晃动

看到已故祖先也在其中

便有了那一刻的慰藉与兴奋

梦境的画面向前一移

我心怀默契的爱人面容安宁

他的微笑

比清早的一缕晨光更干净

看到他的时候

他早已在注视我

我们忘记语言

用眼睛与表情说话……

幸福曾在那里真实来临

在那一个无法复述的梦境里

时间仍旧扑面而来

我仿佛能听到春天的风

仍在顺着那屋檐吹

那悬挂的旧风铃仍在作响

夕阳下的湖水仍然发热闪烁

好像是逝去的亲人

在轻轻絮语……

江南之美

黎明时的山村

缓缓地

露出它湿漉漉的灰白

桃花在低处含笑

油菜花还在梦中呓语

水蓝色的雾

也来加入诉说——

诉说我心中蒙眬的苏醒

诉说这一时节的江南之美

缄默

七嘴八舌

她们都在说着你……

唯有我缄默，一言不发

唯有我的心中

真正藏了你

而那缄默正是我秘密仰起的朝向你的呼吸

——如一片树叶对着另一片树叶

如一只鸟儿向着另一只鸟儿

青苔仍在细细生长

一个女子自小喜欢银镯

沉默是为了想写一首诗

她刚刚从夏天的屋外回来

青苔仍在细细生长

她在想路边那一株夹竹桃

开着白花的表情深不可测

透明的溪水上

透明的溪水上

五月的植物顺从阳光

开始用力发亮

一只野蜂的嗡嗡声里

一座斑驳灰旧的观音殿

在青翠的山坳间

随之微微颤动……

烈日也有慈悲

六月的烈日

把一小团树的荫头

送给卖枇杷的乡下人

——他有些谦卑地卸下担子

红黑脸上的劳累

还在散发

午后果园里微微的闷热……

顾渚

烈日下的水杉笔直

发烫的山体

热浪拂动我的衣裙

贡茶院遗址——

一块古代的石碑

它深凹的纹路

满身的绿苔

让我微微感到

世界深藏的

——原本的寂静与清凉

七月是一朵睡莲的名字

任凭怎样

也无法阻止有一种不安

在我的呼吸里微微起伏

荷花缸里的水映照天空

即使那一尾红鱼

长时间忘记游动

午后座钟里的秒针也依然在旋转

谁也拦不住任何

一小段时光的流逝

行进中的七月

我看见风吹动万物

连同低处的一朵睡莲

在光阴与自我的流逝间

轻轻摇晃……

不约而同

像一些从未离开过的灵魂

又不约而同

再一次归来

我说的是——

田野里、山谷间、河岸旁

不计其数的盛开花朵

热烈，忘我

每一个春天里

她们都要升上这湿热的大地

吹一吹明亮的风

顺便在河流旁

照一照自己，又一年里

自己的——

新的身影

那些花朵

朝霞看见我

河水也听到

我轻轻的呼吸声

清晨河边，我喜欢那些

花朵的明亮

人前或人后，盛开或凋零

她们都拥有真实的自我

——并不为谁

她们以姿态告诉我——

作为一个生命在时间里

偶然的来临或离开

都是一件平常与自然的事

一份幸福

雨也有心灵

黄昏的河畔

细细落到我脸上的雨

清爽、透明

像是一个人

唱给我的友情之歌

沿着河边的路走回家

河上的雨滴

一路与我对望

让我也隐隐闪烁发亮

感到有一份内心的幸福

无一不是我

时间一刻不停地新旧交替

沿着往事呼吸

将自己辨认——

昨天已然不会再来

而我也同样抓不住今天

哦，你看这湖面上闪烁的银光

这摇摆的枫杨沙沙

鸟雀明亮的鸣叫

这一地的野花与光影

——无一不是我

在倾诉，在聆听

在承接，在告别

四月在运河边

练习中的曲子还不流畅

黑白的琴键

在想象的某个窗口

让河水平静

身边擦肩而过的女子

染发、年轻，有烟草味

岸旁的花朵们

一边绽放一边凋零——

这正是我叹息的原因

抬头时，我想起你

也许并不存在的你啊

晚霞在忽然间变得炽热

像另一朵花开在黄昏的天空

正在流经的时间里……

排队飞过的雁鸟

在天空轻轻鸣叫

水杉树笔直向着高处生长

十月的早晨

我感到在风中

自己微凉的身体

阳光照着这里的草地

这一切多美啊——

正在流经的时间里

——万物都朝着深秋走去

不叛逆，不作声……

告诉我

古老的春天充满新意

低处的湖水辽阔无垠

在这个早晨

它用反光告诉我——

我是幸福的

我是孤独的

黄昏的隐秘

我常常暗自觉得

只有黄昏

隐秘传递着两个世界中

亲人的彼此思念

黄昏，隐含并孕育每天的黑夜

每天的黄昏里，也藏着人世轻微的

一声叹息

一小片的亮

每当写完一首比较满意的诗

就感到自己

像一株富有生机的植物

在和风中蓄着阳光

心中有一小片的亮

第五辑

自我影像

月光啊……

月光啊

你透明如水

你可知对于我，你的意义——

每当我忧愁、悲伤

我就会抬头

看到你对我的怜爱

你把这样的柔光给予夜晚

一丝一缕——

要我也从中领取

一份劝说，抚慰……

去湖边

去湖边的山路

几只翠鸟飞绕着

从一棵树到另一棵树

它们划下轻巧弧线

沉静的山林浮起薄雾

似人心

淡淡沉迷的忧伤

远远，看见一道湖水的波纹

我不禁兴奋奔跑起来——

像是在长期的空虚中看到意义

像是一个在黑暗里已久的人

忽然——

见到了光亮

子夜之诗

说吧——

说这虚无，也同样值得你来珍惜

热爱这如深夜迷途的存在吧——

时光水一样漫长

而我们其实只拥有

流云相聚般的短暂一瞬

傍晚说来就来

一段河流，分开了东岸西岸

临水的那些花朵

无可抵挡地来了

又悄无声息地走了

一只花猫在围墙上表情神秘

严肃，认真

傍晚说来就来

河流不发一语映照天空

映照悲伤与广阔寂寥

早晨湖岸边一株植物

她一定没有感觉到自己

在被我注视——

早晨湖岸边的一株植物

她生机勃勃的样子吸引我

明媚宁静的样子吸引我

站在清风与阳光里

心有所向

似乎也在让我——

既顺从，又努力

盛夏

那些日子

我什么也没有

除了颤动的槐花

和无数月光

沿河的野蔷薇也在风中恍惚摇摆

慵懒的午后

村庄寂静

正是从那里

坐在木门边的竹矮凳上

我闻到了——

此时仍在我嗅觉里的

阴凉泥土与河水锈迹斑驳的默默气息

瞬间春天

河岸边

绿色的杨柳轻轻拂着

正在开花的桃树上

飞来一只鸟儿

它轻轻叫了几声

再叫了几声

抖落一些金黄的油菜花粉

多么相似啊

在一段逆光的河水旁行走

掂量阳光的重量

掂量——时间的重量

……河流无疑是某种通道

幽深，隐秘

在鸟群飞起来的地方

你也跟着，在我心里一阵升腾

哦，她仿佛也看出来了

我跟她，多么相似啊——

一棵质朴的水杉

通体透亮，落满阳光

春天时布谷鸟在叫着

都看不见它

但村子上的人都知道

是那只布谷鸟

在叫着

从树林到树林

从湖泊到湖泊

它不停叫着

像受了谁的指示与派遣

像某种提醒与宿命

我那时一直分不清

是它的叫声在村庄里

还是村庄在它的叫声里

田野边

细小的花朵不说话

轻盈竖起小衣领

那时的我

沿着乡下的石板路独自回家

从旁边细长的河流里看几朵云在飘动

紫云英、青麦苗、油菜花

空气中，我用嗅觉

将它们一一辨认

啊，她们也都用自己的气味

悄悄地与我说着——

甜蜜、青涩、懵懂以及向往

哦，这些——

仿佛都正是那时的我

在我童年的往昔……

我记得那里的草叶上

四月新鲜的晨露

麦苗含着青汁味

湖岸野樱花正开

在我童年的往昔

寂静是时间的底色

学着丝绸向前滑行

那时阳光很亮

照耀家门外的新叶

也照耀我刚洗过的短发

仲夏之日

挂在铁钉上的漏孔竹篮

阳光将它的影子

用力打在发黑的泥地上

从户外回到家的女孩

她至今仍然记得

曾经的身体上

瞬间来临过的那一阵

舒适的阴凉

江南绿麦

四月的雨水

我该怎样来告诉你我的惊叹

向你描述我前夜亲眼所见——

轻轻的风中

拔节的江南绿麦

她们如何饮吮大片大片银质月光

与酣畅的

悠远之音……

暮冬

夜晚逝去的光

黎明时

又一点一点回到房间

早晨静谧……

窗户外

一阵清脆的鸟鸣声里

我听到

仿佛有一株小草

再一次复苏、返青的喜悦

一些雨

总有一些雨

在这样的日子说来就来

在发白的泥地溅起尘埃

在清风的瓦楞上滴落声响

之后

这些线条一样挂落下来的雨

很快又将身子收回天际

细微的风紧随其后，引领着

那群叶子迥异的植物

在光线中轻轻摇曳、舞蹈……

萤火虫

飞在家门口的河上

像流动的星星高低闪烁

因为你在发光

所以，在那些夜晚

无数次——

我就那么自然而又欣喜地

——看见你

五月桑葚不说话

清晨的风

从湖上吹进初夏的桑园

我的伙伴们

从不远处传来笑声

风也吹着他们发热的脸颊

阳光与青草的味道浓郁

我们小小的竹篮里

五月的桑葚

惹人怜爱不说话

满心欢喜不说话

日出

一垄垄金色的油菜花

总是倒映在故乡

明亮的水中

每一枚油菜花都在说着

闻我——

我是春天的气味

我们相互复述

隔夜梦境的色彩——

一起观看了童年的清晨

那片湖水上

红红的日出

亲爱的影子

那些日子

在童年的江南春天

阳光下的影子

是我最好的伴侣

我奔跑，她也奔跑

一会儿在我前面

一会儿在我后面

亲爱的影子

从不离开我——

河边一簇野花带给我的喜悦

黄昏时走在石板路上的孤单

只有我的影子

——全都知道

四月的时间里

仿佛是在一夜之间

油菜花

就结成了青绿色的豆荚

清晨的微风

吹拂着我的衣衫

吹拂着

田野里密密的

即将到来的青涩收获

万物摇曳，不语

就这么在四月的时间里

带着自己的一颗心

疾速地默默穿行

失声的清晨

没有了父亲的清晨村庄

那样的寂静

一望无际

已经收割的稻草气息

依然带着

新鲜的疼痛

田野和村庄突然呈现的陌生空旷

在我的眼睛里

全都有着——

宿命的忧伤与黯然

在万顷绿禾中

没有一丝风

正午时太阳散发的热量

仿佛要融化时光

漫无边际的稻田上

几只鸟飞起来

几只鸟落下去

我一个人从那里走过

万顷绿禾在我的呼吸中

起伏摇荡

我们无声经过彼此

交换了一份

深深的默契

逝去的所有时间里都有叹息

都存有一位少女以及

她的村庄

她爱上折纸——

折一只纸鹤或飞机

她用手指蘸着露水，看夜晚的月亮

绕过一座小桥

去河对岸看花

她独自发现

四月的油菜花丛住满小小的神

这些花蕾的众神

年年打着小鼓

护佑少女成长

又看着她——

告别故土

离开家乡……

清晨的祖父

槐树下的桥块

清晨的夏风吹着祖父

吹着他的靠背竹椅，以及有半杯红茶的

搪瓷杯

桥块的另一头

晨风吹来路边中药渣的气味

那里的太阳花也正在开放

我吸了吸鼻子

感觉这些味道，我清晨的祖父

一定也闻到了……

泡桐花

四月的泡桐花在我眼里有颓唐之美——

刚刚绽放

仿佛就意兴阑珊

她的热烈

以及细细灼烧的深情与隐忍

都被趋向白色的紫所扼制

暮色就要在沉醉的春风中再次到来

往复的春天

对这一树桐铃花的全力盛开

似乎也并不动容

那时我还是一个少女

夜晚的萤火虫总有一只

不在飞

而是在屋檐下我的手中

我空掌合拢

只为看它将我的双手

映得莹亮透明

我一个人看得出神入迷

心里暗暗感到的欢喜与神奇

并不对谁说出

印象诗

在母亲的老竹匾里

我见过它们——

那些稚气十足的小鸡小鸭

身体在轻轻拥挤与碰撞

毛绒绒的黄色线团

嘎嘎叫着

我看见

微风中的青草绿了绿

春天瞬间柔软起来

诗句

三月的江南果真是一场模仿

那一只只鸟的赞美也是

河流或溪水的潺潺也是

轻风之轻

花瓣上的花粉

完好无损

杏花、梨花

玉兰、海棠

从我的窗户

风把它们轻轻吹进来

——每一个名词

哦，每一个名词

都是已然存在的完整诗句

第五种黄昏

最后一抹夕阳就要褪尽

秩序里的村庄

有一些凝重

有一些黏稠

红月亮就要从树的背后缓缓升起

从低地里回到家的母亲

她的身上，有劳累的汗渍味以及

黄昏时淡淡苜蓿的芳香……

自我影像

那些日子，我失去学校

……

像一个从远乡来的少女

总是拾不起她们

丢在我背后的手绢

无法和她们一起

兴致勃勃地游戏、嬉笑

我常常怀一抹幽思

我比黄昏更寂静、忧伤……

在那样的时间里

我藏有一张自己的影像

——短发，明眸

天蓝色衣裙上

夜晚的星星银白开放

时间的微风中

女孩长大离开以后

木楼上的镜子

开始寂寞——

它有不再被需要的存在荒芜

木门外的晒台上

那串自制的旧风铃

似乎也有感知——

时间的微风中

她轻轻摇响的声音

多么缓慢、空旷、悠远……